no mencionar

sneha

Ediciones Ukiyoto

Todos los derechos de publicación son propiedad de

Ediciones Ukiyoto Publicado en 2023

Contenido Copyright © Sneha
ISBN 9789360166441

Todos los derechos reservados.
Queda prohibida la reproducción total o parcial de esta publicación, así como su transmisión o almacenamiento en un sistema de recuperación de datos, en cualquier forma y por cualquier medio, ya sea electrónico, mecánico, por fotocopia, grabación u otros métodos, sin la autorización previa del editor.

Se han hecho valer los derechos morales del autor.

Esta es una obra de ficción. Los nombres, personajes, empresas, lugares, sucesos, locales e incidentes son producto de la imaginación del autor o se utilizan de forma ficticia. Cualquier parecido con personas reales, vivas o muertas, o con hechos reales es pura coincidencia.

Este libro se vende con la condición de que no sea prestado, revendido, alquilado o distribuido de cualquier otra forma, sin el consentimiento previo del editor, en cualquier forma de encuadernación o cubierta distinta de la forma en que se publica.

la poesía sólo es posible con personas que te quieren o te hacen daño y yo se lo agradezco a ambas.

introducción

pensaba que la suciedad bajo las uñas era normal,
escuchaba todos los problemas, luego lo tomaba
ocasionalmente comía caña por los campos,
las bendiciones eran los únicos escudos.
rápidamente predije lo que ocurriría en la historia
de mi abuela.
siempre lo hice, pero nunca quise doblegarme a la
cultura patriarcal y a su gloria.

ir a la escuela a pie y volver a casa a pie era algo
rutinario.
no hacer nada era el pasatiempo, las charlas inútiles
con los amigos a la orilla del río añadían la chispa
hice una maqueta de mi futuro hogar con las arenas,
cuando no había nada con lo que jugar, fabricaba
juguetes de papel y arcilla con mis
manos

Solía dormirme a las 8 de la tarde,
antes miraba las serpientes y los lagartos con curiosidad, y cada vez tengo más curiosidad por saber si podemos morir por su veneno

solía despertarse antes del amanecer,
solía pensar que más charlas pueden hacerte más sabio

jugaba sin juguetes, reía sin motivo,
celebrado sin ninguna ocasión,
se sintió como una princesa sin mansión, creció sin necesitar atención.

mention not, es una expresión apasionada de mi viaje. es una colección de aquellos retos y límites que experimenté, sueños y momentos que acaricié desde la infancia hasta sobrevivir. habiendo nacido en una zona rural, donde la sanidad y la educación son un sueño para la mayoría, solía preguntarme por qué es tan difícil vivir y por qué hay tantos retos a los que tenemos que enfrentarnos cada día. ¿por qué la vida no puede ser más fácil, si no totalmente favorable para nosotros? viví mis días y mis noches rodeado de estos "por qué"; algunos obtuvieron respuesta, y otros aún residen en mí.

esta antología habla del mundo que veo, de la gente que me rodea, de mis compañeras y sus experiencias, de mis relaciones, de mi familia y de cómo influye en mi vida, y del mundo en el que me gustaría haber vivido, del tipo de entorno, relaciones y apoyo con los que sueño.

esta colección no pretende ridiculizar ni explotar a nadie, sino llegar a alguien que lucha por tomar decisiones para hacer frente a lo que la vida le depara. sé que no estarán de acuerdo conmigo en todo; todos vivimos con lugares, personas y percepciones diferentes, y eso es algo que agradezco.

contents

1-13	1
14-27	54
28-40	110
sobre el autor	179

Sneha

1-13

en el parque, en el patio trasero, en el pozo, en el vertedero o en la orilla del río. en tantos lugares insólitos es fácil sentir su presencia. la hierba que pisas, la flor que sostienes, la tierra que pisas, son tan bellas como son porque un día fueron fecundadas por un alma pura como la suya. sus ojos nunca vieron nada fuera del vientre acuoso. sus narices nunca inhalaron las axilas sudorosas de las madres. sus labios nunca tuvieron la oportunidad de hablar. su cuerpo, envuelto en varios trozos de tela, tuvo la suerte de sentir el calor de la primera y la última persona que la abrazó.

enterrada   no   tan profundamente en la tierra, como tantos otros, aquí no se siente sola.

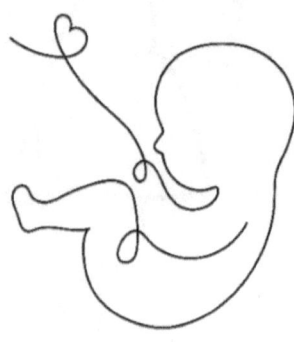

sus creadores eran diferentes, la comida que comían era diferente, los lugares a los que pertenecían eran diferentes, los idiomas que hablaban eran diferentes, sus viajes a este lugar también eran diferentes, sólo el destino compartido era el mismo. pueden destruir su existencia del mundo pero no de sus mentes. ella siempre será mayor que su hermano, si no en este mundo, en sus mentes seguro.

su mente desconcertada y su corazón perplejo han debatido a menudo: "¿es una especie de mandato que una niña es una carga y no tiene derecho a vivir?" si es así, ¿cómo escapó mi madre? o ¿es la vida de mi madre sólo un favor? desearía poder descifrar la mentalidad de las personas que piensan que matar a bebés de sexo femenino está bien. ¿Qué les pasa por la cabeza? ¿Qué les lleva a dar ese paso? ¿Piensan siquiera un segundo más allá del sexo? ¿Saben siquiera que el sexo del

bebé se decide genéticamente, que ni tú ni yo podemos elegirlo?

tras largas décadas de espera, se promulgan leyes que fomentan la crianza y la educación de las niñas. ella espera que el miedo a infringir la ley hiele la sangre de quienes levantan fácilmente la mano para matar a las niñas. reza a dios para que esto acabe pronto, y su dios no vive en el templo disfrutando del sonido de las campanas. su dios no se deja impresionar por el discurso religioso; su dios no vive en los versos escritos en los libros sagrados. su dios disfruta con las sonrisas inocentes de los niños. su dios vive en el corazón de las personas que ilustran el amor con sus acciones. algún día le preguntará a su dios, ¿por qué es tan fácil decidir el destino de una vida en cuestión de horas?

todas estas dulces y diminutas voces se están uniendo al unísono y un día llegarán tan fuerte a los oídos de dios que se verá obligado a decidir. tendrá que elegir entre dejar de crear vidas o dejar de crear géneros.

del vientre a la tumba - su trayectoria vital, no elegida por ella

wow, exactamente lo que ella quería, una gran barra de chocolates, que cariñoso es este mundo, pensó de inmediato

sin darse cuenta de que va a ser noticia, lo que empañará los ojos de toneladas

algunos tenían dos años y otros tres,

¿quién iba a decir que el chocolate era más caro que la dignidad?

dolía,

sangraba,

dolía,

gritaba,

ojalá hubiera podido juzgar sus

intenciones, pero ya era demasiado tarde

cuando empezó a dudar

y siguió satisfaciendo su lujuria hasta su muerte.

¿más baratos que los bombones?

ese acoso, en su mente, sigue existiendo pero, temía si puede llamarlo así, ese sexista

planeaba cien cosas para cumplir

para que pueda tocar en cualquier parte, de la cabeza a los pies

ella llegó a conocer sus intenciones sólo después de reunirse con él una vez

para entonces, la mujer que había en ella, había perdido la inocencia decidió tratar este asunto con sus superiores

lanombraron supersensible y, le pidieron que aprendiera de los demás

su avaricia se amplifica día a día manteniendo a raya toda la ética y los valores

ignorarlo era la única opción disponible sólo en parte, totalmente, no era posible

no mencione

esos chicos no eran violadores. podrian ser buenos en su vida.

deben sentirse poderosos al obtener de ella todo lo que querían.

debe haberles dado placer cuando una chica suplica delante de ellos.

debe haber alimentado su ego, incluso cuando no eran conscientes de lo que es el ego.

fue su primera atención no deseada, pero no la última.

Aún hoy, esto la atormenta día y noche, en la oscuridad y en la luz.

Hoy, cuando aconseja a las generaciones más jóvenes sobre cómo pueden protegerse las niñas, lo hace por miedo y no por cuidado.

esa es la diferencia que marcan los traumas infantiles. viven contigo. algunos días, te miran desde lejos y te hacen callar.

algunos días, encuentra similitudes con el presente y te hace llorar.

sabes que no puedes salirte con la tuya. intentas encontrar formas de esconderte de ella.

no mencione

dicen que un no es un no. pero,
un silencio no es un sí.

los traumas infantiles nunca te abandonan

un toque puede cortar tu alma y dejarla sangrando para siempre. ese toque del maestro de escuela en tu hombro,

ese toque de un primo en tu espalda en una función familiar,

ese roce en los muslos de un desconocido en el cruce de la carretera

ese toque de un hermano como un vecino, más tarde explicó, no fue intencional

lavas tus heridas con tus lágrimas,

intentas descubrir alguna lógica extraña en el mundo, y aplicas

y lloras y lloras y lloras

sí,cosiste tu alma y seguiste adelante en la vida,

das una parte de tu amor a alguien, e incluso intentas proporcionárselo entero, sí, te sientas y te convences de que no todo el mundo es igual,

algunos hombres están sobrios, se lo dices al espejo pero tu corazón está asustado,

ver la sangre goteando de nuevo de estos cortes por todas partes.

ese sentimiento nunca desaparece

hay este tiempo entre que entras en la edad adulta y cuando te vas.

eres el más sensible en esta coyuntura de la vida. en algún momento empiezas a buscar fuera de ti la validación de que 'eres capaz', 'eres digno' y 'puedes conseguir amor'.

en algún lugar invitas fácilmente a tu mente la vergüenza, la culpa y la perspectiva de los demás.

el miedo a la crítica y a que te dejen solo empiezan a cambiarte, lo que te engaña para que vivas la vida imaginada. tiendes a adoptar lo que otros te proponen porque no estás seguro del tipo de vida que quieres.

empiezas tranquilamente a anular tu voz interior.

y es demasiado tarde cuando sabes que has hecho lo que no hubieras hecho.

no mencione

la adolescencia es más que una huida de las hormonas

¿por qué quieres estar guapa?

'porque le gusta que los chicos se burlen de ella", gritó la sociedad.

¿por qué quiere estudiar?

porque quiero crecer en mi vida, dijo

'para que pueda conseguir una familia acomodada para su boda', razonó la sociedad.

¿por qué quieres trabajar?

porque quiero ser económicamente independiente, dijo

sí, que trabaje y sepa por sí misma lo duro que es el mundo fuera de casa. debe dejar el trabajo cuando se case; la sociedad espera que lo acepte.

'zorra', la sociedad ledio un nuevo nombre.

Sólo vivo con el hombre al que amo", respondió.

'estaba azulada y magullada' esto es lo que te pasa cuando no eres capaz de tener contento a tu marido, justificó la sociedad

'porque dije no al amor carnal de mi marido', dijo con palabras inauditas.

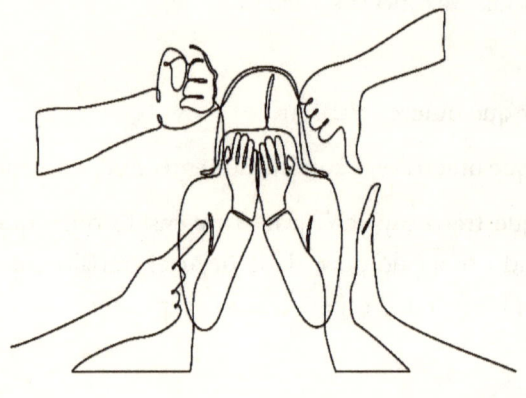

las palabras no tienen dientes, pero muerden

una bofetada por no ser capaz de hacer una taza de té perfecta.

una bofetada por mostrar interés por los

estudios. una bofetada por jugar hasta el atardecer.

una bofetada por hablar con chicos.

una bofetada por pedirle a su padre que no

bebiera. una bofetada por suspender el examen.

una bofetada por pedir dinero para comprar

compresas. una bofetada por no hacer bien las

tareas domésticas. una bofetada por mostrar interés por el kárate.

un bofetada para no respetar su más joven

hermano............

y la lista continúa ....

ps - fue sólo una bofetada a la vez, por lo que no fue un crimen.

no mencione

bofetada tiene un impacto, no en las mejillas deshuesadas, pero en la mente en la que saqueó

mira hacia atrás con impotencia; ¿por qué tiene que empezar a enfrentarse a diario a ceños fruncidos llenos de preguntas y justificaciones sobre su tono de piel?

Algunos la maldecirán por haber nacido morena, otros le gritarán por cruzarse en su camino,

algunos la compararán con todas las cosas negras que existen en el planeta tierra

la gente guardaba sus cosas buenas de su sombra nunca invitada, nunca deseada,

la alimentaron con la culpa que querían que siguiera siempre

intenta atravesar años oscuros; todo en ella trata de encontrar la cantidad justa de melanina que haga callar las bocas de la gente, con la esperanza de que dejen de considerarla desafortunada. no sabe cuándo entenderá el mundo que lo negro es el tono de la piel, no la situación.

no mencione

*lo blanco no
siempre tiene
razón lo justo no
siempre es bonito*

nacer moreno no fue una elección

no se puede decir que el rosa es el color de las chicas y predicar la igualdad

arroja todo tu error y vergüenza
ella siempre estaría en el extremo receptor

culpa a su trabajo de que los niños no vayan a la escuela
y de todas las tonterias que llevan
culpar a su belleza cuando es joven por no poder casarse

culpar a su edad cuando sea mayor por no poder llevarse bien con la nueva generación
culpar a sus hábitos; su cuerpo no puede funcionar plenamente

culpar a sus padres por no haberle enseñado nada útil
culpar a su incapacidad para dar a luz a un niño y avergonzar a toda la familia

culpa al que lo cuenta, culpa al que lo cuenta, culpa al joven, culpa al viejo, a nadie le gusta limpiar este fango todos dominamos este juego de culpar, lo llevamos en la sangre.

¿por qué nos atenemos a esta cultura de la reivindicación, la no vergüenza y el juego de la culpa?

hay tantas cosas que queremos hacer

ya sea por planificación o por un flujo

por un trozo de

tela, la vergüenza

no se oculta por un

plato de lentejas, el

hambre no se

monta

lancemos la moneda de la fortuna

¿salud o riqueza? hoy, qué afinar

matar un deseo para satisfacer otro,

pedir un préstamo para cerrar otro,

luchar contra la
escasez, de una
maneranueva,cada
día

pensamientos de una familia de clase media

bajo el árbol de mango,

te sientas en un lugar

tranquilo sosteniendo la

cesta vacía

lágrimas de alegría iluminan tu

rostro plantaste las semillas en

la tierra

tu mente se inunda de interrogantes

préstamos, agua, sol y lluvia,

¿lo conseguirá por completo este año o de nuevo

en mitades se come, lo que crece

y todo el dinero ganado por esa tienda saludable

usted es agricultor

no todos los hombres degradan a las mujeres, abusan de ellas y gritan,

algunos hombres se preocupan y aman profundamente y piensan que las mujeres son una joya

no todas las mujeres son amables y

cariñosas, hay mujeres que conspiran

el odio, la violencia y los celos no tienen género

el mundo no lucha mujeres contra hombres, es la batalla entre el bien y el mal.

la violencia no tiene género

de niñosnos pegábamos. de jóvenes peleábamos con palabras. ahora hemos descubierto un arma más mortífera.

pensamientos manipuladores

cómo te ríes

cuánto deseas

por ser hija pero no ser buena

cómo te peinas cómo

piensas y hablas

cuánto descansa y camina

como amas y como no amas cual es

tu tono de piel

cuáles son sus talentos

y lo profundas que son tus cicatrices.

no mencione

no necesitas disculparte por ser tú

no vueles con las alas rotas, remiéndalas

no ames cuando te duele el
corazón, primero cúralo

no esperes felicidad cuando tu alma esta
destrozada, sigue adelante y vuelve a empezar

no juzgues a las personas sólo con
verlas, conoce primero su batalla

no esperes flores de la vida riega la
tierra y quita el polvo.

no culpes a la vida de lo que haces

si crees que sólo puedes educarte en la institución, vuelve a mirar a tu alrededor.

si crees que sólo te puede herir el modo en que te trata la gente, vuelve a escuchar a tu yo interior.

si crees que tu conocimiento proviene sólo de los libros, entonces vive de nuevo.

el mejor maestro es el ahora

haz lo que puedas hoy en lugar de esperar a un mañana perfecto. recuerda que el mañana no está prometido a nadie.

no esperes a que salgan los rayos del sol. a veces puedes sonreír viendo los diamantes en la hierba.

no esperes a ponerte en forma, a tener suficiente dinero en tus manos, a ampliar tu círculo de amigos, a tener una casa más grande; disfruta de lo que tienes ahora, sólo porque puedes.

no discutas contigo mismo que el pasado podría haber sido mejor; mañana habría ido mal, el presente debería ser así o asá. abraza la belleza de la vida, toda ella, porque la vida se te da, y tú puedes. en la carrera por lo que quieres, tiendes a olvidar lo que puedes.

hoy, haz lo que puedas.

un pequeño paso hoy puede ser uno grande mañana

saberlo todo, no
entender nada

propia cultura es una locura,
preocuparse siempre por el aumento de peso

siéntate y observa cómo se divide la nación las elecciones son el rebufo de las mentiras

piensa que eres el mejor, odia al resto gastando más, comprando menos
sentir verdadero amor por alguien es sólo un concepto,

el amor sólo fue verdadero cuando estalló el fanatismo
Los "hashtags" se hicieron obligatorios,

'¿cómo crear un post viral?' ¡sencillo! basta con escribir algo despectivo

ser como su famoso favorito era antes un sueño; es su necesidad.

alguien a quien culpar del daño, y la religión es la primera de la lista.

para ver el mundo de ayer...

no mencione

la vieja generación debe dar algo de luz a la nueva

los sabores de las verduras, la paz de las mesas,
mercado agrícola local de calles, dividió la vida en kits

respeto por el trabajo, reuniones de carriles, nutrición
de cañas
despertarse para disfrutar de la luz del sol y del canto
de los pájaros es una delicia

baila bajo la lluvia acariciando las flores
que esperan la respuesta de la carta manuscrita,
saliendo de casa con el dónde y el por qué.

la industrialización nos quitó muchas cosas

ya que nunca nos ayudaron sin recibir algo a cambio ya que nunca fuimos amados sin razón

ya que nunca se nos vio amabilidad sin ningún propósito

ya que nunca nos sentimos en paz sin ningún jaleo.

buscamos constantemente el porqué de cada acción hemos olvidado que el apoyo puede ser un apoyo la sensación de logro puede ser sin ningún informe

una sonrisa puede ser una sonrisa

se puede recibir amabilidad sin esperar un tiempo

el exceso de análisis mata la esencia

cuando alguien es grosero contigo, y tú respondes a eso, la grosería obstruye tu corazón,

y se vacía cuando alguien es más amable contigo de la misma forma que tú fuiste más amable en primer lugar

responde con una sonrisa y no frunzas el ceño

convierte esa penumbra en amor

y darle la vuelta a ese círculo vicioso de grosería.

la grosería es la semilla del odio

no dejes que el miedo al fracaso te ciegue ante la posibilidad del éxito

déjate guiar por la felicidad de un sueño hecho realidad

no dejes que tu zona de confort te enjaule te esfuerzas por demostrarte a ti mismo no dejes que las dificultades te desmotiven preocúpate, atrévete y mantente fiel a ti

puede que no estés donde quieres estar, pero estás en algún sitio

no dejes que tu ego domine tu amabilidad no dejes que tu amabilidad se convierta en tu debilidad porque...

el camino hacia tu sueño es maravillosamente terrible

el niño que llevamos dentro debe ser protegido durante muchas décadas; después, este niño juega con nuestros hijos.

pero si el niño que llevamos dentro muere en el viaje de la vida, también muere parte de la inocencia de nuestros hijos, que tiene su origen en el niño que llevamos dentro.

la tristeza por las cosas que perdimos que persiste en la mente más que la felicidad de haberlo conseguido.

protege al niño que llevas dentro

mantente motivado todo el tiempo siempre siendo feliz persiguiendo sueños 365 días un estilo de vida perfeccionado.

estas mentiras sonaban como la verdad

solo porque no lloraba delante de ellos, pensaban que nunca estaba triste

sólo porque tenía confianza en sí misma, piensan que no necesitaba apoyo.

sólo porque podía tomar su propia decisión, pensaron que ya no necesitaba compasión.

siempre la miraban y decían: 'puede arreglárselassola'.

lo que no entendían es que ella se había hecho así día a día y emoción a emoción; porque nunca recibió el apoyo y la atención que siempre buscó.

todos veían cómo se les aparecía, nadie experimentaba quién era.

la compasión es una necesidad

la fuerza no está en menospreciar a alguien,

tu fuerza es vivir según tus valores y tu ética, incluso cuando alguien te menosprecia.

ser independiente no es obtener unos ingresos constantes, ser independiente es poder navegar por

tu

las dificultades de la vida, ser dueño de tus decisiones y poder decidir qué dirección quieres tomar en la vida.

Aceptarse a uno mismo no es comprometerse y sentar la cabeza,

todas tus partes son aceptables, las bellas y las negadas para volver a la totalidad. acepta tus defectos, trabaja en ellos, mejórate con gracia y verás cómo florece tu vida.

sigue adelante, sigue caminando por el sendero de tu vida. no porque nadie pueda detenerte, sino porque confias en tu interior, seguiras a pesar de ello.

no construyas muros, construye valores fuertes para protegerte

no los trates como ellos te trataron a ti
no los desanimes si te desaniman devuelves lo bueno
a lo malo
das una sonrisa a los tristes

floreces por encima de las raíces del 'ojo por ojo
creces y les haces mejor de lo que ellos te hicieron a ti
habrá voces que te demuestren lo
contrario pero tú pulsa el mute.

inspira a tus enemigos

naciste con un corazón blando y una

voluntad fuerte. controlas tu amor propio y

tus dudas.

tus pensamientos no siempre son correctos.

eres igual que cualquier otro ser humano con el que te cruces; no apliques las matemáticas de mejor que o menos que.

las flores nunca buscan fragancia fuera; el río nunca tiene sed de agua. siéntete orgulloso de lo que tienes.

nunca pienses que la lentitud no es progreso

nunca pienses que el cambio no se puede

cambiar los demás nunca fueron la fuente de tu felicidad tus errores nunca te definieron; tu

actitud sí

nunca dejes de crecer

nunca desprecies a los que no son tan competitivos como tú
nunca te ofendas por lo que los demás piensen mal de ti; es su problema, no el tuyo.

tu belleza es tan única como tú.
naciste para brillar, para vivir, para amar. naciste sin preocupaciones, no mueras con ellas.

la satisfacción es esencial para la felicidad

14-27

quiero llevarte como la
piel, quiero tocarte como el aire,

siento que una parte de ti reside en mí,
veo tu imagen en todo lo que me rodea.

lo veo todo dos veces, con mi punto de vista y como
lo verías tú.
creo que me convertiré en más de ti de lo que soy si
seguimos juntos. me encanta cómo me quieres, yno
quiero que nadie se lo haga a nadie. sólo debería haber
un amor así en este mundo.

y este es mi único,

deseo, sueño, oración y expectación

deja que abra mis puertas de
sentimientos deja que tu amor camine,
arranca mi miedo más íntimo que se esconde en
mi sangre y échalo fuera del mundo

te invito a vivir en mi
vida deja que tiemblen
los corazones,
como si fuera a desmoronarse,

sonriamos a nuestros corazones
quebradizos, flotando en estas
emociones que intentan
absorberlo todo,
y terminan revueltos.

¿quieres formar parte de mi mundo?

el olor a café de los vasos de papel vacíos, las duras luces de la sala de conferencias, tantas cabezas hablando, tantas decisiones tomadas, pero yo con una sonrisa en la cara porque estoy en otro lugar de mi mente contigo.

me gusta mas cuando viene por palabras que nunca dijiste, y sigo escuchando en mi mente.

me ha gustado más el tiempo que has tardado en decir "te quiero" que oír tu "te quiero".

me encantó más cuando dijiste, 'estoy escribiendo un poema para
que leerlo.

me ha gustado la espera cuando has dicho 'nos veremos pronto'
más que conocerte.

admiro tus esfuerzos por hacer las cosas más que admirar el trabajo en sí.

el mundo puede llamarme raro, pero es mi forma de vivir contigo cada momento.

he vivido contigo tanto los momentos en los que estabas conmigo como en los que no.

hay amor en la espera

cuando te contagiabas de mi guiño. cuando abrazabas toda mi existencia, dejábamos hablar a nuestra piel.

cuando mi piel te besaba sin tu permiso cuando tu aliento acariciaba el forro de mi cuello.

y perdiste la batalla entre tu dedo y mi pelo enredado por mi sonrisa.

cuando pusiste tus ojos en mí, aprobaron sacarme de los escombros y tirar de los escombros de mí.

fui al cielo y volví en un suspiro cuando tu dedo se deslizó por mi espalda, y sentí como cientos de cubitos de hielo bailando de alegría.

todo el mundo decía que eras guapa, pero cuando tú lo dijiste, yo lo creí.

fue entonces cuando nuestras almas se encontraron

en tu sonrisa,

entre las páginas de tu cuaderno,

en la mesa donde guardas tu portátil, el bolígrafo, la taza de café y mis recuerdos,
entre los destellos de esas luces de hadas que miras sentado solo.

mis nuevas direcciones

'estoy aquí para ti' cuandodijiste, 'te amo'.
'ya he vivido mi vida; el resto de la vida es sólo el paso de la edad' en ese mismo momento en el que dijiste, 'quiero pasar el resto de mi vida contigo'.
'el tiempo, la respiracion, el mundo, deja que todo se detenga y dejame sentirlo', cuando dijiste 'te extraño'.

un nuevo brillo en mi cara cuando tus dedos se arrastraron por mi cara.
'no conozco el mundo fuera de esto', cuando tus 'brazos me rodearon'.
'aprendí a contar nanosegundos', cuando dijiste 'volveré'.

mis interpretaciones de lo que dices

cuando no estábamos cerca, deseaba que nos
hubiéramos amado.
y que nos hemos acercado y nos queremos, temía que
nos separáramos.
cuando tu amor intenta curar mis heridas, primero
sangra; estoy tan acostumbrada a vivir con mis heridas
que me siento completamente normal si encima me
sale otra, pero cuando intentas curarlas, no tengo ni
idea de cómo responder a ello.
cuando se que eres mia, entonces mas que la felicidad
de conseguirlo, empieza a doler la pena de perderte.
como nadie se ha preocupado tanto, no se como
responder cuando lo haceis.
no sé de quién es el error, que no sea capaz de aceptar
que me quieres, ¿soy yo o eres tú?

¡raro y real a la vez!

a veces quiero oirte, asi que me pierdo en tus palabras.
a veces quiero estar contigo para desconectar del mundo.
a veces necesito tu presencia en mi vida para encontrarme a mi misma.

Toda mi vida he luchado por encontrar mi identidad.

en los primeros años, no sabía cómo explicarme a este mundo y después no le encontré sentido.

pero tu has entrado en mi vida como un puente. puedo encontrarme a mi misma y tratar de conocer el mundo contigo.

dicen que el amor te hace mas fuerte, pero yo quiero fundirme en mi originalidad y no quiero ganar ninguna forma, voz o color y solo quiero ir con como la vida fluye dentro de mi.

estando en este estado, quiero disfrutar de tu presencia, de tu aliento fluyendo desde mi interior,

tu tacto me cubre toda

tus pensamientos me ayudan a no derrumbarme. tu amor me mantiene vivo siempre y ahora.

tu presencia decora mi presente

yo soy esta arena tendida en la orilla, y tu eres como este oceano donde veo mi hogar.

mientras reúno valor,

mientras nos imaginamos juntos en este nuevo lugar,

mi petición es que sigas enviando ondas de amor, que me lleven poco a poco,
a ti,
a mi casa.

siempre nostálgico

la forma en que me das tu tiempo como si fuera todo mío.

la forma en que me sacaste de mi momento más oscuro como si fuera el único rayo de esperanza que esperaba brillar.

la forma en que me haces sentir feliz de mi misma, no son solo las palabras dichas por ti; tu amor esta muy dentro.

me mostraste que las manos pueden ser tiernas. la forma en que tomas mi mano en este viaje de la vida como si no fueras tu, es mi tan deseada vida caminando conmigo.

si te quiero, me quiero

cada vez que cierro los
ojos, siempre estás ahí, tu
pelo, tu sonrisa,
tus ojos marrones,

tus charlas, algunas son tan
malas cuando duermo por
la noche, me envuelven en
un sueño profundo, ahí
estás conmigo otra vez,

como una pelicula, la pongo
en repeat veo tu cara en
desconocidos, escucho tu voz
en cada cancion, entonces,
cuestioname,
¿por qué estás fuera tanto tiempo?

tengo miedo de este vacío

porque estamos lejos, esta llamada, estos mensajes, estos pequeños momentos de nuestra unión nos importan tanto.

quiero dar las gracias a esta distancia por hacer más grandes los pequeños momentos entre nosotros.

si hubiéramos vivido cerca o juntos, habría perdido las ganas de conocerte más y podría haber perdido el interés en estar contigo. esta distancia puede estar manteniendo viva esta relación.

gracias, querida distancia

no puedes volver a la vida cotidiana como si nada hubiera pasado y, al cabo de unos días, volver a cometer el mismo error. por favor, no te convenzas de que un día serás capaz de convencerme y empezaré a hablartecomo antes.

ya no ajusto mis emociones a tus opiniones. nunca fue esa pelea, ni un día, ni una palabra lo que me alejó; fueron los recuerdos amontonados de esos muchos días.

si, yo estaba totalmente en relacion contigo. pero si no estoy hablando contigo, es que he pasado a algo mejor que tu, no es que me aburra de ti.

no se pueden pegar las alas una vez rotas

Love taught me how to live but it also reminded me what I could loose.

Las relaciones tóxicas son una trampa tal que se
necesita una fuerza inmensa para salir de ella.
sabes que no se te entiende bien, pero no sabes cómo
explicarlo.
aunque lo expliques, no sabes silagente lo escuchará.

sabes que esta gente te habría entendido, incluso sin
tus explicaciones.

aunque te cambies por ellos, no estarán contentos.

ya sabes, estás atrapado en un lugar en el que te culpas
por ser parte de él e incapaz de romperlo.

relación tóxica = veneno lento

he experimentado la ganancia y la pérdida juntas.
hedicho"sí"atodastuspreguntas.teheinvitadoa mi
corazón y te he permitido quedarte allí.
me mostraste cómo esel amor,

y
me mostraste lo que no eselamor.
mi deseo de ser tuya mas de lo que yo nunca quise ser
mia nunca se cumplira.

un nuevo ex en tu vida es todo lo que siempre seré.
sólo después de conocerte comprendí que estabas en
el camino de algo mucho más hermoso.

dejo que mi arrepentimiento me consuma

como los rayos del sol te apuñalan los ojos, y te cuesta abrirlos, igual que te costó creer cuando me traicionaste.

igual que ajustamos nuestra posición y esperamos a que el sol se vuelva sobrio, igual que yo me alteré y esperé a ver si tu amor volvía.

como el sol no cambio, y al fin, te mueves de ese lugar, de la misma manera que yo me mudo del nosotros a mi.

cuanto más me ajusto, más me duele

cuando sabes que romper esa relación es la única
salida, pero el verdadero dolor es cuando lo intentas
todo para salvarla.
cuando no evitas las discusiones, los malos
comportamientos o el llanto, tienes miedo de
enfrentarte al silencio porquesabes que no merece la
pena luchar por nada.

el verdadero dolor al ver que la pena crece cada día
que pasa entre tú y quien amas; la desesperación crece
en las noches en las que os dais la espalda y lleváis
esta evasión al café de la mañana hasta que uno de los
dos sale de casa.

esta carga de miedo aflige mi alma

nunca me gustó que te desvanecieras en mi mente, pero aun así pasé por ello.

estabas pegada a mis pestañas, y en cuanto cerraba los ojos, te veía.

entonces, lentamente te fuiste a mi mente y te sentaste alli en un carril de la memoria, y yo podia encontrarte siempre que estaba solo.

entonces, te adelantaste en ese carril, y apenas pude verte, y ya no puedo dar mas pasos hacia ti.

el tiempo paso, y tu ya no vives alli, y yo ya no puedo ver tu imagen me costó todo lo que había en mí ser testigo de este desvanecimiento de ti en mi mente. ver el desgarro del amor que más amaba me costó todo el amor que había en mí.

tú estás en otra parte con alguien nuevo, tus ojos perdidos en los suyos, tu camisa empapada con su perfume. y aquí estoy yo, todavía acurrucándome con una almohada a medianoche y pensando en las peleas que tuvimos en la parte de atrás del taxi, sin saber cómo seguir adelante desde aquí.

ojalá pudiera cogerte de la mano y evitar que te fueras; ojalá pudiera volver a encender el hielo de tu corazón, como se encendía cuando nos habíamos besado. y hubiéramos podido empezar de nuevo.

dejar ir hace que tu corazón se vacíe

no mencione

he ido tan lejos que no se como volver al amor.
pensando lentamente en la habitación vacía,
arrodillado frente a otra noche sin amor.

tengo demasiado miedo para
tomar una decisión, ¿cómo
puede alguien ser tan sabio?
sólo tengo una opinión,
¿debo llenarlo de soledad o de ti

aunque empiece a caminar con mi corazon sin usar
para encontrar el amor, no se si el mañana esta
prometido. no se cuando podre llegar, y cuando
llegue, ¿el amor existira de la misma manera que antes
lo veia?

quemado por la soledad

no te guies por el significado de las palabras que escuchaste. no te vengues y hagas lo que te hicieron, no hay necesidad de discutir y llorar por ello.

si te duele más de lo que te hace feliz en cualquier relación, entonces déjalo y sigue adelante.

vete, para que puedas vivir

el amor lleva al desamor.
mi corazón ha aprendido tan bien esta fórmula que en cuanto el amor floreció en mi vida, empecé a cortar su tallo porque me aterrorizaban los extremos.

porque mi corazón puede aceptar el dolor generado por sus propios sentimientos, pero no puede tolerar que la gente desaparezca de aquí después de dejar una huella.
¿por qué nos enamoramos tan rápido y salimos tan despacio?

¿por qué estos sentimientos no retroceden de una vez? ¿por qué debemos borrarlos de la vida día a día?

nunca se puede olvidar a alguien a quien se ama; nadie se ha ido nunca; sí, ese es el hecho; hay que encontrar la manera de vivir con sus recuerdos.
pero,
¿por qué es tan difícil?

perder tus recuerdos fue un trago amargo

asumiré la culpa de acabar con
ella. lo hice para poder ser toda mía.

déjamerecogermimiedo,miselecciones,mitristeza,mi
culpaes mejor demoler el amor,
sobre los cimientos del sacrificio, se construyó.

dejar ir es el nuevo comienzo

dispara tus palabras mas agudas para que sienta la bofetada en mi cara.

clava tu rabia en mi para que mis huesos sientan el dolor. haz un agujero en mi corazon para que sangre toda la vida.

reúne todo tu odio en ambas manos y arrójame lejos para que mi alma se haga añicos.

si quieres darme una última cosa, dame esto,
dejaría morir a la versión de mí que estaba contigo.

para que se encienda la esperanza, déjame ver las llamas que surgen del desgarro y prepararme para renacer.

la transformación es renacimiento

quiero formar parte de una de esas relaciones en las que pueda explicar honestamente mi equipaje antes de entrar en ella. es una bolsa llena de remordimientos, fracasos, lesiones emocionales, heridas, cicatrices y muchas otras cosas que se asoman por su bolsillo y poco a poco se convierten en parte de mi identidad. estoy inhalando mi dolor; cuando lo exhalo, el mundo lo huele y sabe que estoy sufriendo.

hay demasiadas heridas invisibles que me despiertan por la noche. una bolsa que se hace más pesada cada día que pasa, y su peso me amenaza con que no está lejos el día en que ya no podré cargar con esto, y se burla de mí diciendo que moriré con ella.

ojala pudiera conseguir una pareja que me aceptara con mi equipaje y me permitiera en su vida tal y como soy.

ojalá pudiera conseguir a alguien que me cogiera de la mano y deslizara suavemente esta bolsa de mis hombros, la pusiera sobre la mesa, desempaquetara y colocara todas las cosas una tras otra mientras nuestros ojos se hablan para que puedan vivir con nosotros como cualquier otro objeto de la casa.

ojalá pudiera

no mencione

estas a mi lado, sin embargo, te extraño en tu presencia.
te echo de menos no porque no estes conmigo sino porque no eres lo que yo esperaba que fueras.

te di todo de mi poco a poco, y pense, tal vez reciba el amor que soñaba
mi alma me lo advirtió, pero luché

echo de menos ver en ti a esa persona que me gustaba. echo de menos ver en ti ese amor que una vez
vivi. queria un amor que durara,
pero tengo el amor que debe quedarse en el pasado.

te echo de menos más de lo que me gusta admitir

te perdono por ayudarme.
te perdono por purificar mi corazón.

te perdono porque no hay espacio para el odio en mi corazon.

en vez de pensar que no te perdonare y hacer mi corazon pesado con eso, creo en como puedo perdonarte y vaciarme.

el perdón es un suplemento de salud mental

ahora entiendo que la profundidad de una relación no se juzga por el tiempo que se tarda en entrar, sino por el tiempo quesetardaen superarla.

dejar entrar en tu vida a la gente que te quiere es bueno. dejar ir de tu vida a la gente que es falsa es mejor.

Dejemos que la gente vaya y venga; es parte de la vida.
Saber quién puede entrar en tu vida y quién no es un arte.

no te conviertas en la barrera

odias tanto a la gente.
¿qué harás cuando este odio empiece a odiarte un día?

qué harás cuando te enfrentes a ti mismo,
¿cómo te enfrentarás a ti mismo cuando te des cuenta de que tu odio ha quemado todo el amor que una vez tuviste dentro de ti? y ahora no tienes un hogar al que ir,
ni hombro sobre el
que llorar, ni amigo
con el que compartir,
sin relación con la asistencia

¿has pensado alguna vez cómo reaccionarías cuando el humo procedente de lo que has destruido te corte la respiración?

te sentarías solo, arrepentido,
sin nadie a quien pedir
perdón, te sientas en el
montón de cenizas
te sientas con el final, que no tiene principio.

no mencione

tu odio te mata primero

ese parpadeo de las luces del frigorífico cuando
fluctúa la tensión,
ese grifo que goteaba, conté hasta diez y volví a
empezar
veo mi imagen en esa pantalla de televisión en blanco
y hago una película con mi pasado.

sosteniendo una taza de café bajo este techo, sonrío
ante las imágenes y flashbacks de nuestra
conversación que mi mente crea.
el tiempo puede ser
demasiado largo, el
silencio puede ser
demasiado ruidoso, las
noches pueden ser
demasiado cómodas los
días pueden ser
llamativos

amor a ti podria ser demasiado
temeroso entonces nace tu
soledad te sientas con ella y te
sientes orgulloso.

el silencio es demasiado fuerte

sabía que a mi vida le faltaba sentido, pero no lo admitía. no hace mucho, tenía la sensación de que a todo el mundo le va bien y yo soy la única que no está contenta con su vida. descubrí que es más fácil reprimir mi voz interior que enfrentarme al mundo, lo que me mantiene trabajando en lo que me gusta y amo.

Quería aportar algo significativo a este mundo, pero mi trabajo no me lo permitía.

Yo quería vivir como un pájaro y ser valiente, pero mi cultura no me lo permitía.

Quería sentirme autosuficiente y libre, pero mis responsabilidades no me lo permitían.

quería amar, jugar, crear, pintar, viajar y descubrir, pero mi destino no me lo permitió.

una vida de vacío, sin un lugar al que llamar hogar

Despertar fue como entrar en el
infierno. vivir otro día era otra pesadilla.
era como si estuviera presenciando mi muerte todos los
días.
cada pensamiento de convertirme en regular me golpeó
como una bala.

sentí que me ahogaba en un pozo negro sin fondo. la palabra "futuro" no parece existir en mi mente. cada vez que intento alejarme más, siento queestoy al borde.

lo peor era que no sabia por que me sentia asi. se me acababan las lagrimas con cada pensamiento en mi mente, las palabras en el mundo me parecian lo mas cruel; los colores no tenian sentido, por que siquiera existen, el ruido y la voz ambos eran lo mismo para mi. todos me miran preocupados, pero se van, sin preocuparse lo suficiente como para detenerse a mi lado y pasar algun tiempo. desearia que alguien me preguntara como estoy y abriera alguna perla de una conversacion que encendiera de nuevo una suave electricidad en mis venas.

no mencione

tal vez solo queria que alguien mas cargara con la pesadez de mi mente.
tal vez esperaba que otra persona despejara mis nublados pensamientos con un golpe.

tal vez quería a alguien tan cerca de mí que siempre estuviera a cubierto y me sintiera segura a su sombra.
nada de odio, nada que
recuperar, no tenia
enemigos, quizas quiero
volver a ser yo.

la depresión es el nuevo tabaquismo

no estaba luchando con la mirada del mundo, era este monstruo en mí, que susurraba, no bajo la cama sino en mi cabeza
vete y suicídate; ¿a quién le importaría?
mi no respuesta hará que se quede callado un rato y luego se convierte en mi amigo y me cuenta la solución,

acabar con tu vida es el fin de todos los problemas,
¿para qué vivir con un alma tan frágil?
Vamos, hazlo,
hazlo a tu estilo.

pensamientos suicidas hablar contigo

cuando pensaba que estaba guapa cuando pasaba
horas en la peluquería,
compró vestidos caros en un centro comercial salí a
cenar a un restaurante caro, me hice unos cuantos
novios,

sonreía innecesariamente, lloraba, para presumir,
pensaba que no habia vida sin maquillaje. huir de los
problemas los borrara de la vida. pensaba que asies
como las chicas guapas viven su vida.

cómo ignoré el amor propio

el amor nunca tedeja; tu decides dejar el amor. el amor estaba alli donde estaba.

dejamos de sentir amor porque ha cosido lo que estaba desgarrado en nosotros, y ahora ya no lo necesitamos en la vida.

el amor es como un océano; todavía tiene olas en él. eres túquiense sentó allí, y ahora has avanzado.

y estaba tan equivocado

sigues adelante cuando te miras al espejo y no apartas la mirada.

te mueves cuando hablas con el personal de la peluquería y eliges cómo peinarte.

sigues adelante cuando fuiste lo suficientemente valiente para responder con la verdad a la pregunta "¿qué te pasó?"?

te mueves en los días en que llamas a tus amigos sin motivo y hablas durante horas.

te mueves en los días en que buscabas en Google cómo hacer para tus proyectos pendientes en lugar de buscar frases de amor y dolor.

te trasladas a los días en que comprabas una entrada para un concierto y te vestías como si fueras a una cita contigo mismo.

sigues adelante mientras sigues viviendo tú mismo.

lo que sea, sigues adelante

cuando aceptaste tu ahora
cuando comenzaste tu viaje hacia el interior
cuando dejaste de culpar al comportamiento de otros
por lo que eres hoy

cuando empiezas a centrarte en curar tus heridas
cuando aceptaste el cambio de época y aun así
perseguiste tus objetivos

fue entonces cuando el pasado perdió su poder sobre tu vida

hoy, cuando estoy aquí sentada recogiendo esperanzas rotas e intentando darles forma, mi corazón quiere volver a enamorarse de ti, y mi mente me advierte de que volveré a enfrentarme al desamor.

vi como mi esperanza se rompia en mil pedazos ante mis ojos. aunque intente agarrar uno, el resto se convertira en tierra. me sente y fui testigo de como se sumergia en la tierra de donde provenia.

ahora me doy cuenta de lo peligroso que es creer en falsas esperanzas. he vivido media vida esperando falsamente y ahora lidiando con ello. todo el mundo decía que no estaba con la persona adecuada, pero yo esperaba que un día fueras tú con quien pudiera vivir sin dar explicaciones. cada vez hacías pedazos mi esperanza, y cada vez, la volvía a montar para volver a esperar falsamente.

¿por qué tuve tanta fe en falsas esperanzas? ¿por qué no conocí la verdad? ¿eramiincapacidad,olavidaestabajugandoconmigo?

sólo podemos crecer en la medida en que podemos aceptar la verdad sin huir, y yo soy el obstáculo en mi camino. ¿estaba en la forma de mi unión interior?

la muerte no es sólo un certificado; ocurre mucho más antes de que dejemos de escuchar nuestro interior.
al renacer hoy, veo mi vida hasta ahora encendida.

perseguía lo falso; llenaba mi estómago de mentiras. nadaba en la relación equivocada, y me siento vacía ahora que lo he quemado todo.

déjame intentar recogerme uno a uno, lavarlo con amor propio, secarlo en el afán antes de pegar las piezas para convertirme en mí, y por último, me vestiré de perdón antes de abrir los brazos al mundo.

creo que no es enamorarse lo que requiere un corazón valiente; es recuperarse de un desamor lo que te hace dudar de enamorarte. sí, ¡cierto!

estoy aprendiendo sobre esta relación conmigo misma pasoapaso y tratando de mejorarla.

me estoy enseñando a mi mismo con 'caidas' pasadas y 'expectativas no cumplidas', espero un rayo de luz en la oscuridad ante mis ojos para sostener mi mano y

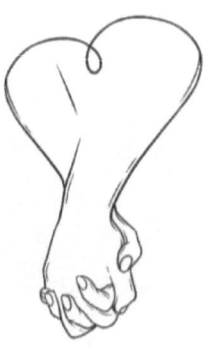

llevarme adelante desde aqui.

el nuevo yo ya no perseguirá otras opiniones ni nada que me impida sentirme válido. ya no necesito el apoyo y la participación de los demás para vivir mi vida.

autorrealización

"¿por qué no te deshaces de esos recuerdos que están haciendo tu vida más pesada cada día que pasa, de la forma en que me arrancas y me tiras las hojas amarillas?", me preguntó la planta de mi balcón. Le dije: "Ojalá me dieran una mano tan cariñosa como a ti".

buscar ayuda

con quien pueda hablar de mi brillo,
de mi flujo menstrual,
porquélavidaeslenta
y las ganas que tenia de tirar

cómo persigo mis sueños,
y cuan desesperadamente quiero que
el mundo muestre que estoy irritado
con ciertas cosas
mi sí es importante, y más importante es el no.

debe haber alguien así en la vida

el sol no sale siempre a la misma hora ni se pone a la misma hora,
el río no fluye siempre en la misma dirección, el viento no cree en la perfección,
el suelo no se preocupa por su erosión

¿cómo no vas a cambiar si estás hecho de elementos siempre cambiantes?

tú estás en el cambio; tú eres el cambio,

siempre te estás convirtiendo

no mencione

28-40

tengo mis imperfecciones, es parte de mí, de mi vida,
y quiero que me quieras por eso. no quiero oír sólo las
cosas buenas sobre mí; quiero oír cosas sinceras sobre
mí.

no me llames guapa; dime que mi nariz es grande, mis
labios pequeños, y luego dime que me quieres por
eso.

por favor, no me den falsas motivaciones; díganme
mis defectos.

dime algo que no pueda hacer y quiéreme por ello.
ama mis imperfecciones tanto como tú me amas.

no estoy completa sin mis imperfecciones

me encantan todos los colores, no sólo el rosa.
quiero a los perros más que a ningún otro animal
(mucho más que a los humanos)

Me gustan más los libros que Netflix.
me gusta más el café que el
chocolate. me gustan más las
canciones que las películas.

me encanta ver teclear... teclear... más que el chat en sí
me encanta decir 'te mataré' porque significa 'te quiero'
tipo de amor.

me encanta compartir 'esas cosas desagradables' que pensaba de ti y ahora reirme contigo contando las mismas cosas.

celebrar las diferencias y no sólo las semejanzas, a eso llamo yo amor.

mi tipo de amor

no mencione

amigos leales
confianza en lo que eres
ser capaz de distinguir entre lo que es bueno y lo
que es bueno
coraje para ser feliz libertad
para seguir tu alma

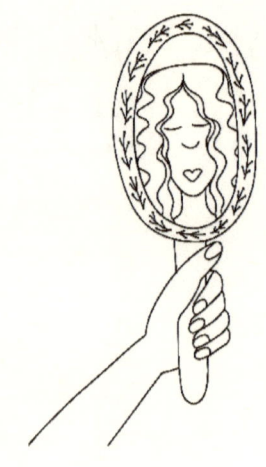

cosas que sólo el envejecimiento puede darte

en mis primeros años, mi belleza se elevaba, ahora, yo me elevo en mi belleza. yo era bella en formas que no aceptaba.

lo que antes llamaba patas de gallo y buscaba la clinica mas barata para tratarmelas, ahora me parecen recuerdos de reirme hasta llorar.

lo que antes llamaba arrugas del entrecejo ahora es la curva de la confusión con la que lidiaba.

lo que antes odiaba las canas y no solía faltar a las visitas a la peluquería para ocultarlas ahora me parece sabiduría que he ganado con los años.

lo que antes llamaba estrías y probaba todas las lociones y pociones disponibles en el mercado, ahora me hace sentir feliz por lo bonitos y mágicos que fueron esos nueve meses.

lo que antes llamaba grasa corporal y me evaluaban en diferentes máquinas para comprobar la inexactitud de las básculas, y no estaba nadagordo, ahora parece que recuerdo buenos tiempos en los que comía hasta medianoche.

lo que antes ocultaba; las cicatrices ahora parecen fuerza.

lo que antes me asustaba, envejecer ahora me enorgullece.

cualquiera puede encontrar un buen salón, pero no todo el mundo puede encontrar una buena vida.

el significado de la belleza cambia con el tiempo

Las mujeres quieren compartir problemas tontos como los pies que se enfrían, el sol que aprieta, los atascos, más sal en la comida y los molestos vendedores de verduras en la calle, y quieren que entiendas problemas más profundos como cuando están disgustadas, sus luchas en la vida, el odio que se han creado a sí mismas, los momentos oscuros y los recuerdos atormentadores que las han envuelto.

el rostro de una mujer se llena de sonrisas, los ojos rebosan cuando sus hijos estudian bien cuando su marido consigue un ascenso, cuando a todos les gusta la comida preparada por ella; su rostro carece de emoción cuando está en guerra con sus pensamientos y se prepara para el retiro.

sabemos cómo sentirnos bien con arrugas.
sabemos cómo curar el corte por cuchillo y el corte por la vida sabemos cómo despertarnos sin despertador, cómo medir y cocinar la comida que todos comen, y nada se desperdicia,

sabemos cómo coser nuestras emociones,
nunca nos ponemos una chaqueta en la fría calle, pero
sabemos qué elegir si tenemos una hora para
nosotros, relajarnos en un spa o reparar el horno para
una fiesta de cumpleaños.

nosotros, la mujer, nuestra vida no es fácil de vivir, no
es fácil de amar.

nosotros la mujer

la forma de tu roti,
la elección de tus palabras,
la limpieza de tu casa,

el tamaño de tu cintura,
la altura de tus sueños,
cicatrices y arrugas en el cuerpo,

certificado de tu carácter, vacaciones que tomaste,
su saldo bancario,

los libros que lees,
la forma en que te gusta
vivir las historias que
esconde tu sonrisa,
tus planes, en tu moño, ataste.

no mencione

no te hace menos mujer

cuando dije,

no quiero casarme,

no quiero dejar esta casa donde crecí,

Lo dije de todo corazón; y pensaste que bromeaba igual que tu madre pensó que bromeabas, con ella.

¡Lo dije en serio, mamá!

mi madre me dio su miedo y su lágrima
mi padre me dio su ignorancia y su postura.
mi abuela me dio su confusión y su tensión.
mi abuelo me dio su fe y sus promesas.

mis amigos me regalaron sus bromas y un reencuentro
prometido para siempre.
mis parientes me dieron un libro de reglas de cómo ser
una buena ama de casa.
mis vecinos me regalaron su espera para ver a mi hijo
el año que viene.

regalos que recibí en mi boda

un trabajador no puede ocuparse de la casa y los niños
todo el tiempo
un ama de casa no puede ir a la oficina y no puede
ganar dinero para su familia
una mujer valiente actuará con
independencia una mujer humilde
hará las cosas en silencio

una mujer fuerte seguirá adelante con
facilidad una mujer emocional llorará con frecuencia
un atleta amará más el suelo que la cocina una
mujer científica no verá más allá de su misión

todos estamos hermosamente colocados en
diversos lugares.
'puedo hacerlo todo' es un
concepto falso abandona el perfeccionismo
y haz lo que quieras, hazlo todo.

todos trabajamos, pero no todo el trabajo

la mujer que sigue siendo incapaz de perdonarse a sí misma por el aborto espontáneo que sufrió y sigue imaginando a su bebé en todos los demás bebés que ve.

la mujer que mira con desprecio cuando su amiga le pide que la deje en la maternidad, pues lleva cinco años intentándolo sin éxito.

la mujer que va a cada baby shower y se imaginaa sí misma en lugar de la futura mamá.

la mujer que se enfrenta cada día a un arbusto de ojos juzgadores.

para la mujer que llora en silencio en la ducha cuando le viene la regla y se prepara para otro mes de vida sin hijos.

la mujer que desarrolló la habilidad de escuchar el rumor sobre su feminidad.

la mujer que se recuerda a sí misma cómo educar a su hija para que la historia no se repita.

yo soy tu; estoy contigo. siento el dolor indecible en tus ojos que se explica.

no estás solo

la maternidad no es un obstáculo, es una dicha.
tus hijos no son una carga, son una esperanza.

tus noches en vela y tus peleas sin palabras te han cambiado un poco,
a menudo piensas que la maternidad te frena
a menudo te sientes como si hubieras dado a luz a tu limitación.

sientes que es duro, pero la maternidad consiste en criar una vida, alimentar un alma y aprender la vida; no tiene por qué ser estresante y resentida. criar a tus hijos no es una tarea que debas completar; es un viaje que debes vivir, amar, aprender y disfrutar.

tus hijos están aquí para llevarte a la verdad, a tu estado natural de ser, a tu estado de amor y cuidado, a la razón misma por la que existes en este planeta.

no necesitas buscar por todo el mundo para encontrar tu hogar. tus hijos te cogerán de la mano y te llevarán a las raíces que llevas dentro.

la maternidad va más allá de lo que la sociedad nos mostró

mamá, nunca entendí por qué siempre solías ser la última en arreglarte hasta que me convertí en madre, ahora me doy cuenta de que tenías que darle a todo el mundo su ropa a juego, los calcetines perdidos y los zapatos escondidos, que sólo tú podías encontrar.

mamá, nunca entendí por qué te enfadabas por tonterías hasta que fui madre, cómo nos gritabas cuando dejábamos el grifo abierto, desperdiciábamos comida, pisábamos el suelo fregado y nos levantábamos tarde, ahora me doy cuenta de cómo te agotaba hacer estas cosas.

mamá, nunca entendí por qué solías asustarnos con historias de fantasmas cuando no dormíamos por la tarde hasta que fui madre. ahora me doy cuenta de cuántas tareas solías term inar cuando dormíamos.

mamá, nunca entendí por qué nos obligabas a comer antes de salir y a llevar una botella de agua hasta que fui madre. ahora me doy cuenta de lo mal que sienta siquiera pensar en un niño hambriento.

ahora te entiendo, mama

si el maquillaje puede ocultar tu
ansiedad no significa que seas feliz,

si el agua puede lavar tus lágrimas
eso no significa que no hayas llorado

si lloraras y necesitaras ayuda
eso no significa que no seas fuerte

si el mundo no reconoce tu lucha,
no significa que hayas vivido una vida
de color de rosa..

Te dirán qué comer, qué suplemento tomar, qué tienda tiene la ropa de bebé más segura, qué hospital tiene el mejor paquete y quién es el mejor profesor de yoga prenatal de la ciudad.

todo el mundo estaría esperando para volcar sus experiencias sobre ti en cuanto se enteraran de que estás embarazada.

algunos teasustarán,
otroste aconsejarán,
algunos te enseñarán ciencia,
otros te demostrarán que estás
equivocado

pero nadie te dirá cómo tomarte el café antes de que se enfríe, dormir lo suficiente antes de que te salgan ojeras y cocinar y comer con el bebé en brazos.

nadie te dirá cómo volver a ser tú misma después de tantas expectativas, sueños, tareas y personas que debes gestionar. es normal sentirse disgustada y confusa como madre primeriza.

¡dejemos de contar y empecemos a oír más!

superar las normas,
salir de la cocina,
salir de una relación tóxica,

sal de tu prisión mental,
sal de tu mansión,
préstate a ti mismo la atención que siempre buscas en los demás

y verás cómo se transforma tu vida.
Celebra que eres tú.

subir y liderar

volviste a casa sin nadie lloraste

pero cuando al día siguiente le preguntóqué había pasado, sonrió,

convertiste la escena de compartir tu dolor con él en imaginación y en otro secreto que guardabas.

a veces, no compartir la razón de tu tristeza es más tranquilizador que compartirla

sólo porque le dijiste "te quiero",
sólo porque "ella dijo que sí",
sólo porque "estás casado con ella",
sólo porque "vive contigo",
sólo porque dio a luz a tus hijos,

esto no significa que tengas derechos perpetuos a mantener una relación sexual con ella. aún así, tienes que respetar su tiempo, su elección y su decisión al respecto. todos los días y en todo momento.

afronta los hechos que no comprobaste

nuestros sentimientos los entienden mejor quienes no viven con nosotros.

Una vez rota la relación, la mente empieza a dar sugerencias sobre cómo podría haber sobrevivido.

la mayor parte del enfado se produce con las personas que realmente nos aceptan, y nunca nos enfadamos con quienes sabemos que no piensan bien de nosotros.

la mayoría de las relaciones se rompen no por malentendidos, sino por un entendimiento que nunca existió.

la mayoría de los matrimonios sobreviven porque se mantiene el ego, no el amor.

ironías de la vida

te trataba como a un niño travieso en casa, siempre regañándote por correr delante de mis ojos repetidamente.

siempre te amenacé para que te atrevieras a exigirme algo.

por enojo, no te di suficiente tiempo.
más tarde me di cuenta de que era yo quien tenía miedo, no tú. porque sé que no puedo enfrentarte en tu totalidad.

mis sueños

mi corazón siempre anhela nuevas experiencias. me inquieto cuando no encuentro nada nuevo que hacer.

Quiero experimentar todas las aventuras que hay en el mundo, hartarme de ellas y luego buscar unanueva.

me siento animado por cómo sumerjo mi corazón en cosas nuevas, lo remojo y lo saco a secar para volver a empezar.

anhelo

estaba tan acostumbrado a vivir con el deseo de las cosas que queria ver en mi vida que cuando lo consegui, empece a extrañar la vida cuando vivia, anhelandola; en vez de disfrutarla.

he pasado tanto tiempo luchando por vivir que no se que hacer cuando estoy en paz.

esperar te cambia

Juega porque te gusta el juego, no porque quieras derrotar a alguien.

sé sincero con los demás porque te sentirás en paz, no porque esperes que los demás sean sinceros contigo.

ama porque tienes amor en abundancia, no porque esperes amor a cambio.

haz ejercicio porque amas tu cuerpo, no porque lo odias.

Sé feliz porque así es como quieres vivir tu vida y no porque la gente quiera verte feliz.

deja que el fuego que te hace avanzar en la vida surja de tu interior, no de la reacción que se produce a instancias de alguien. crece haciendo lo que cumple tu propósito en la vida, no haciendo lo que otros te dijeron una vez que no podías hacer.

es tu responsabilidad hacer de tu alma un lugar sereno y tranquilo, no la ensucies salpicándola de celos e ira.

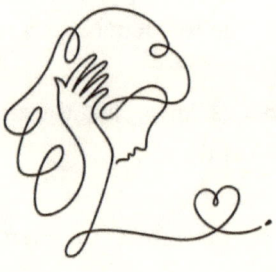

falta paz en ti = falta un pedazo de ti

sugerir una lista de cosas a alguien sin entender sus problemas.

decir "cómo vivir" sin vivir su vida.
decir "estarás bien" sin saber lo que necesitan para sentirse bien.

para comentar la vida de otra persona, 'él sólo lo consiguió por
suerte", sin conocer su lucha por llegar hasta aquí.

es fácil llegar a ser un bienqueriente, difícil llegar a ser un ejemplo

no puedo gustar a todo el mundo, y no puedogustar a todo el mundo. de verdad que no puedo gustar a todo el mundo todo el tiempo.

mi cuerpo había estado envejeciendo desde que nací y luchar contra este proceso natural sólo era una pérdida de tiempo.

mostré todas las cosas buenas que he hecho y conseguido en la vida, pero todos los ojos me encontraban defectos.

ignoraba la salud cuando estaba sano y la valoraba cuando no lo estaba.

el día que me di cuenta de que pasaba la mayor parte de mi vida persiguiendo metas falsas y huyendo de mi yo interior, empecé a vivir mi vida ese día.

acepta siempre tu situación; tengo que ser el primero en admitirlo; de todos modos, el mundo irá en su contra.

el tiempo me ha enseñado

no soy 100% yo. no soy el verdadero yo en la mente de todo el mundo. para algunos, soy una flor bonita, para algunos el desastre más feo.

mi yo interior tiene una sombra de los que me han conocido a lo largo de los años.

algunas personas dejan su huella en mí y me cambian. algunas personas se llevan trozos de mi inocencia y me cambian.

al final, no soy lo que soy.

¿puedes ser tú al 100%?

mi afán de perfección me llevó a la decepción. me resultó muy difícil aceptar que nadie es perfecto; la gente no puede vivir como a mí me gustaría.

no todas las personas nacen en el mismo entorno; su pasado y su presente son diferentes. lo que ellos piensan que está bien, que está mal, cómo debe ser la vida y qué es el amor es totalmente distinto a mis puntos de vista y mi comprensión.

todos podemos ver lo mismo desde una percepción diferente.

¿es posible que a los seres humanos nos guste alguien
de todo corazón, independientemente del ángulo
desde el que se perciba?

¿es justo tratar a alguien en función de su percepción?

¿está bien portarse bien con ellos y renunciar a ellos
en el momento en que conocemos su perspectiva?

al final, ¿qué importa m á s , la gente o la percepción?

la percepción traspasa todas las almas

no mencione

cuando marqué la diferencia en la vida de alguien,
cuando mi pequeño acto de ayuda apoyó el esfuerzo
de alguien por perseguir sus sueños,

cuando mi extraño consejo iluminó los ojos de
alguien cuando mi silencio respondió, y las palabras
callaron porque elegí la relación por encima de la
situación

cuando me iba bien con desconocidos sin conocer
nada más que a mí mismo
cuando preferí decepcionarme con la verdad a
contentarme con la mentira.

viviría mi vida para esos momentos

si eres esclavo de tus hábitos
si tu corazón está lleno de egoísmo

si te corre la ira por las venas si no te gusta escuchar a nadie

si tienes que mostrar los errores de los demás para ocultar los tuyos,
entonces, ¿cómo puede florecer el perdón en tu corazón?

¿puedes perdonar a alguien?

un día derribaré a martillazos los muros del miedo. algún día no me interesará mi aspecto.

admitiré mis puntos fuertes y débiles, la razón y la lógica.

algún día no me importarán las opiniones de los demás sobre mí. entonces me llamaré valiente.

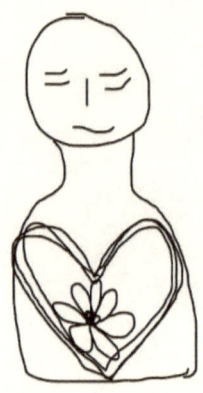

la valentía empieza por la honestidad

si alguien es tan amable contigo que te sientes
atrapado

si alguien está siendo tan mezquino que sientes que
eres deficiente

si el acto de alguien sacude tu propia creencia sobre ti
mismo, entonces haz una pausa

no confundas tu poder con su capacidad para
controlar tus pensamientos.

no dejes que la duda controle tus voces interiores.
recuerda, en una noche oscura, miras fijamente al
cielo y puedes ver una ilusión de estrellas porque
quieres ver las estrellas, pero eso no significa que la
noche esté estrellada.

en caso de duda, no lo sientas mucho

no mencione

escuchar a los demás y compartir los momentos oscuros es bueno, pero ten cuidado con las personas que te quieren sólo como buzón de quejas y utilizan tu tiempo sólo para meter su dolor dentro.

no se conviertan en un mero buzón de quejas para ellos.

tu corazón no es un hotel

la caridad no es simplemente donar dinero. no es hacer algunos depósitos en línea y sentirse feliz por ello. no es dar unos dólares al mendigo parado en el semáforo. hoy en día, conseguir el dinero cuando lo necesitas no es un gran problema; encontrar una voz solidaria sí lo es.

si quieres ayudar a alguien, mira a tu alrededor. no siempre son las personas en situación de pobreza las que están necesitadas. todos estamos necesitados en unos u otros ámbitos de la vida. todos necesitamos ayuda y apoyo para crecer en nuestra vida.

si quieres hacer una obra de caridad o ayudar a alguien, llama a un amigo, colega o familiar en sus momentos difíciles, y estate disponible para ellos, tu tiempo significará mucho más que el dinero para ellos. esa voz, esa persona, ese abrazo, esa atención es lo que más importa en la vida cuando has perdido toda esperanza.

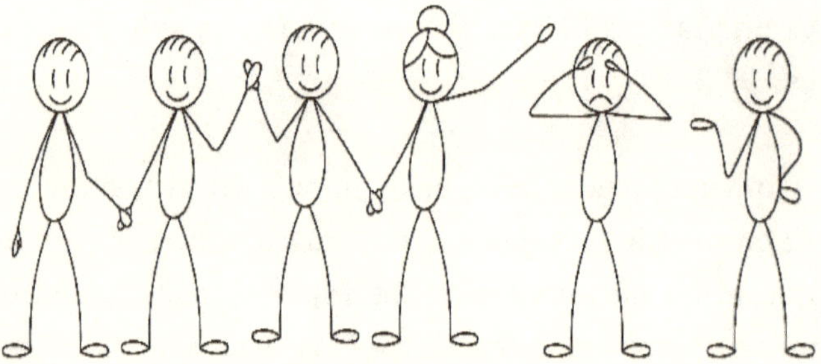

la caridad tiene muchas formas

despréndete de lo que te hace sentir culpable.
deja ir a esas personas que se sorprenden en lugar de alegrarse viendo tu éxito; no están hechas para que estén en tu vida.

desprenderse de las relaciones que no son respetuosas.
despréndete de aquellos lugares en los que no puedes sonreír sin esfuerzo.

a veces, finges estar bien cuando no lo estás. tu mente crea retos donde no los hay. puede que estés atrapado en tanta negatividad que te conviertas en el rehén de tus pensamientos.

A veces, queremos creer lo más alto y lo mejor de los demás, pero a veces nuestras ilusiones nos impiden ver nuestra vocación interior.

dejar ir estas creencias limitantes y seguir adelante.
Al principio, puede parecerte imposible romper esta
trampa, pero cuando liberas la toxicidad de tu vida y
aprendes a establecer límites con ella, traes una nueva
energía que ya no es defensiva, enfadada o agotadora.

dejar ir viejos conceptos y experiencias pasadas que
una vez definieron de lo que eres capaz, para que
puedas dar un paso hacia una versión más grande y
abundante de ti mismo.

cree en tu poder cuando te enfrentes a una crisis; a
menudo somos capaces de acceder a esta fuerza
especial que no sabemos que poseemos hasta que
realmente la necesitamos.

hay bien en cada despedida

no siempre miro fijamente a las estrellas y me pregunto;
a veces les sonrío.
sonrisa en las muchas despedidas, que una vez sentí
más pesadas y más tarde hicieron que mi corazón se
sintiera ligero.

érase una vez, yo era la chica que siempre era
demasiado de algunas cosas y demasiado menos de
otras; me sonreía de cómo solía tener pensamientos
tontos y también solía creérmelos.

cómo hice una montaña de un topo y dejé ir fácilmente
una verdadera traición.

la alegría, el llanto,
los miedos, las lágrimas,
la pereza, lo fácil,
lo amargo, lo cursi
hablo de todo esto a las estrellas y lessonrío.

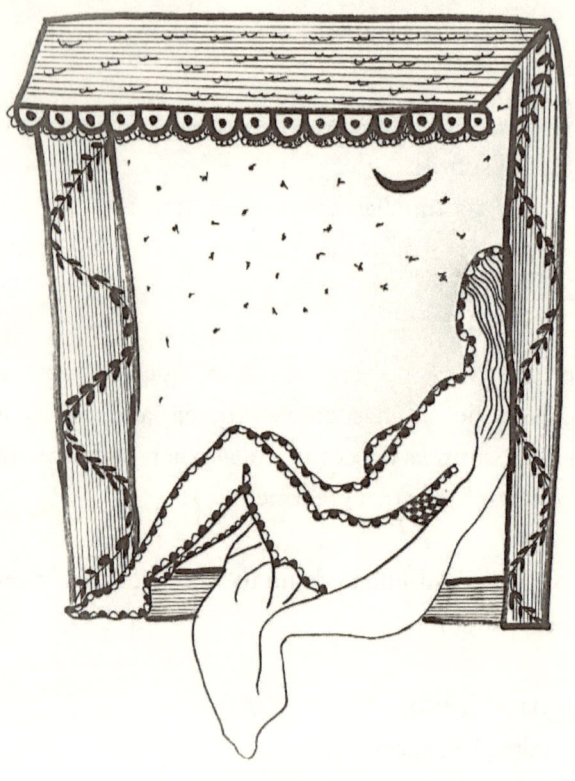

para mí, sonreír con las estrellas es una terapia

cuando muera dejaré un sueño sin cumplir, un deseo sin expresar, una tarea sin terminar.

mi alma se asomaría al universo para saber quién me comprendía bien, quién estaría trabajando en mis tareas inacabadas, quién me mantendría vivo en sus obras y sonreiría.

para saber quién estaba más cerca de mí

asumes rápidamente que no vales cuando no
consigues lo que quieres.

rápidamente te menosprecias a ti mismo por no ser
capaz de alcanzar tus objetivos.

A veces, tu corazón gobierna tus sentimientos; otras,
lo hace tu mente.
A veces ayudas a los demás en su camino; otras, tus
deberes te ciegan.
a veces tu yo interior se encoge ante la pequeñez;
vives en la negación
a veces inviertes años de tiempo y dinero en el
interminable juicio

cuando los fracasos golpean, tiendes a olvidar que hay
un poder por encima de todos nosotros, el poder más
alto y más sabio que nosotros,quevoluntariamente te
hace sentir bajo algunos días, así que conocemos la
fuerza interior, y nos recuperamos.

algunos días, simplemente existimos

Para entender a alguien, no hace falta traducir sus palabras.
puedes entenderlos por, la pequeña grieta en su voz,
esa pausa que hacían entre medias, esas largas respiraciones,
esos movimientos oculares, esa lágrima, que se tragó,

esa sonrisa que aparece en secreto dice algo y desaparece.
el silencio, que decía mucho,
las palabras no significaban nada.
hay que entenderlas más para entender a la persona.

no sólo conocer, comprender a esa persona

la mejor versión de mí mismo no es alguien que tenga mejores modales, madurez, seguimiento y mantenga la puntuación de felicidad.

significa que persigo mis sueños con pasión y positividad. significa que utilizo todo lo que he aprendido de mis fracasos para avanzar en mi vida.

ojalá viviera en un mundo donde estas cosas fueran normales.

ser tú es más importante que ser el mejor

no se puede salir de un mercedes con un diamante de un millón de dólares, con una copa de vino en la mano, y decir: 'oye, acércate; yo curaré tus heridas'.

la persona que puede curar a los demás primero tiene que curarse a sí misma; primero tiene que pasar un mal trago, soportarlo y convertirse en una versión mejor de sí misma.

el poder curativo no es magia; es la intención y la dedicación hacia las personas que sufren lo que tú mismo has curado y cómo puedes guiarlas. el poder curativo proviene de los pedazos en los que una vez estuviste roto, y reúnes cada gramo de tu voluntad y coraje para juntarlos y hacer un tú mejor. el proceso de ser mejor te da el poder curativo.

los sanadores no te dan nada, no tienen nada que proporcionarte salvo su tiempo. te quitan el escudo que te impedía ser tú.

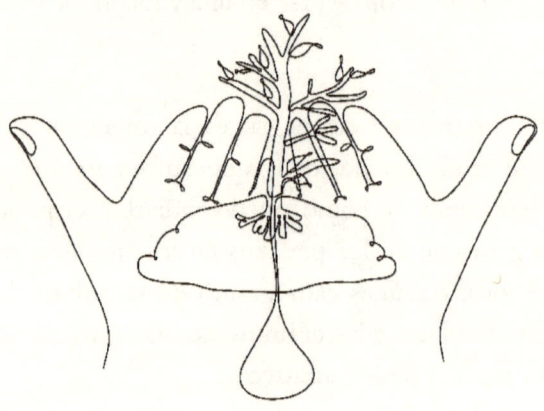

está completamente bien si tu herida emocional tarda en curarse, a veces puede tardar un año, un mes o toda la vida y eso está completamente bien. si apuras el proceso de curación, lo rematas con la sensación de no ser capaz de cicatrizar. las cicatrices nunca son limpias, no intentesocultar tus imperfecciones si no estás preparado.

curar no es olvidar. curar no es ocultar. curar no es evitar.
la curación brota en detalles minuciosos.

Ponte tu tono favorito de pintalabios, ponte ese vestido que querías sacar del armario y hazte selfies, guárdatelo para ti, no es necesario que se lo cuentes al mundo, sal a dar un paseo nocturno abrazada al viento sobre tu pecho, o sigue con tus amigas sonriendo al sol resplandeciente, habla con un desconocido en los restaurantes, dale algo al mendigo en el metro junto con tu sonrisa.

no mencione

te necesitas más a ti que a ellos

siempre pensamos mucho en nuestras relaciones; ¿cómo debo llamarla? ¿cómo debo empezarla? ¿qué pensarán los demás de ella? ¿cómo gestionaré mi relación? una cosa importante que olvidamos es la conexión, el vínculo.

en tantas cuestiones mundanas, no nos fijamos en el tipo de conexión que compartimos con nuestra pareja, en la fuerza de la misma. la conexión es la base de cualquier relación; en lugar de rascarnos la cabeza e intentar etiquetar la relación, debemos centrarnos en la fuerza con la que estamos conectados.

cuidado de conexión, y entonces no necesitará hacer nada para mantener sus relaciones.

la gente se pregunta cuál es la única cosa que mantendrá la chispa en las relaciones; no hay una sola cosa; hay que mantener toda la relación. basta con cuidar la conexión, y la relación florecerá.

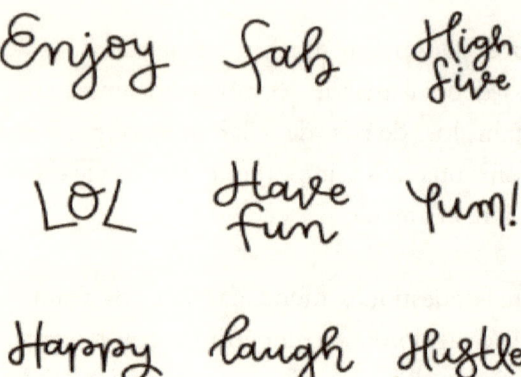

no necesitáis morir juntos.
no necesitas traer felicidad a tu pareja plato.

no tenéis que arreglar los problemas de los demás.
no necesitas buscar una pareja perfecta o una relación perfecta; eso no existe.

necesitas sentir esa conexión innegable que nutre y apoya tu crecimiento interior.
tenéis que pensar en cómo apoyar mejor la felicidad del otro.

tenéis que crecer y evolucionar juntos.

no te apegues profundamente, conéctate profundamente

hoy, el mundo no necesita dinero, tecnología y comunicación; ya tenemos suficiente. el mundo necesita amor, calidad y compasión.

el mundo no necesita millones de ojos viendo un vídeo sobre el hambre y la pobreza.

el mundo necesita personas que tengan compasión en los ojos.
no necesitamos gastar miles de millones en sanidad; debemos profundizar y volver a conectar con nuestras raíces.

enfermamos y nos enfrentamos a numerosos problemas de salud, no porque carezcamos de inmunidad, sino porque nunca creímos tenerla.

cambio, por pequeño que sea

pulsar el botón de pausa es tan importante en la vida para darse cuenta, reflexionar y seguir adelante. tómate tiempo para retroceder y observar. ralentizar el ritmo es necesario para acelerar el proceso. dar un paso atrás para hacer una pausa y reflexionar forma parte del proceso; es parte del ciclo de crecimiento. incluso los árboles y las flores se aletargan por una razón.

no dejes que tu "lista de tareas pendientes" controle tu paz mental; si eso ocurre, es el momento de hacer una pausa y reflexionar. se necesita cierta madurez mental y espiritual para reconocer cuándo es el momento adecuado para dar ese paso atrás.

Haz una pausa y profundiza en tu mente para encontrar nuevas formas de enfocar la realidad.

pulse la pausa

saber cuándo y dónde ajustar tu actitud. cuando estás al borde de un cambio, y sabes que ocurrirá. sólo tienes que ajustar tu actitud entre vivir tu vida cómodamente y aceptar ese cambio estimulante.

Te guste o no, la vida te pone ante cambios que no te gustan, y tu crecimiento depende de lo bien que acojas la diferencia y de cómo afines tu actitud para adaptarte al cambio.

Habrá un momento en el que estés al borde de un cambio significativo pero te sientas nervioso por dar un paso adelante. por un lado, tienes tu zona de confort y por otro, los retos. un pie dentro, otro fuera. ese es el momento adecuado para afinar tu actitud y dar la bienvenida al cambio.

viejas actitudes podrían estar obstaculizando tu crecimiento.

cuando tu interior te pregunte si debes dar este paso o no, ajusta tu actitud.

eres capaz de mucho más de lo que debes permitirte. ajusta tu actitud y ve que la vida te está llamando para que des un paso al frente y seas dueño de lo que realmente eres capaz.

ajuste su actitud

el éxito llamará a tu puerta un día u otro. pero la felicidad de alcanzar el éxito no debe ser hueca.

así que actualiza tus pensamientos y presta atención a cómo estás teniendo éxito, no a cuándo.

no olvides aplaudirte a ti mismo

elige ser compasivo con los demás si te avergüenzas.
elige dar amor a los demás si te odian.
elige compartir tu comida con otros necesitados,
aunque tengas poca.

elige escuchar y confiar en lo que te dicen los demás,
aunque no tengas oídos para compartir ni un hombro
para llorar.

elige ser mejor.
elige ser mejor que lo que tehace daño.
opta por acoger a las personas por lo que seles da
bien, y no las menosprecies por lo que les falta.

elige amar a aquellos con los que convives; algún día,
podrías recorrer el camino de la vida sin ellos.

tú serás el elegido

ojalá pudiéramos planear todas las experiencias que el universo nos tiene reservadas, pero no podemos porque pasar por cada experiencia y hacernos a nosotros mismos se llama autodesarrollo. en lugar de eso, deberíamos tener miedo de seguir siendo los mismos toda la vida, miedo de que las nuevas experiencias nos quiten la vida, miedo de no ser capaces de manejar ninguna experiencia única ahora porque nos acostumbramos a tener en este lugar y parar un respiro fuera de tu zona de confort te da pavor.

concéntrate en lo que sientes en tu interior; ¿qué te dice? tienes el poder de controlar tu estado de ser. elige siempre ser positivo.

la situación en la que te encuentras es una oportunidad para crecer y mejorar.
elige siempre ser mejor.

no puedes controlar lo que la vida desplegará ante ti, pero siempre puedes elegir ser mejor, mejor que el presente.

no temas al fracaso.

disfrutar de esta sensación de mejorar día a día.

estás aquí con un propósito

no soy mejor por mi religión, raza, etnia, color o condición social.

no soy amable contigo porque quiera algo a cambio de ti. ser amable y simpático es mi naturaleza; si lo recibo a cambio, es estupendo; si no lo recibo, también es estupendo.

no vivo mi vida para imponer mis valores y creencias a alguien. puedo vivir en paz porque, a pesar de la dureza que me rodea, puedo atenerme a mis valores con una sonrisa genuina.

no soy sincero y honesto porque dios está registrando mis actos. sería sincero contigo y conmigo mismo incluso cuando nadie está mirando.

no me cuestiono la vida porque exija respuestas; busco razones porque me siento cómodo con las respuestas que obtengo, y también me siento cómodo en ausencia derespuesta.

no puedo describir todos mis sentimientos en las lenguas que conozco. hay algo más allá de las relaciones y las personas; hay algo mucho más poderoso.

que mantiene unido este mundo más allá de las palabras, algo que se siente con sólo estar en él.

mi filosofía

sólo quiero recordarte que eres una persona increíble y que estás haciendo un trabajo increíble contigo misma. la vida te proporcionará infinitas maravillas de qué pasaría si y qué no. de lo que la mayoría de la gente no se da cuenta es de lo precioso que es este momento presente.

ten esperanza de que teencontrarás, ten esperanza de que pronto será verdad
eres un ser espiritual en constante evolución con una experiencia humana perfectamente imperfecta. subir de la formamás
natural, respiración a respiración.
lo que eres puede crecer; sigue creciendo.

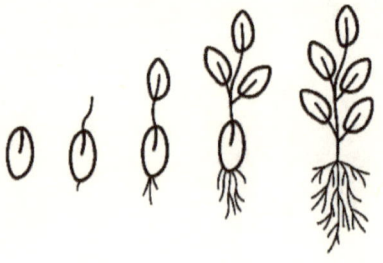

saluda a hope

sobre el

autor

es escritora de noche y profesional de las tecnologías de la información de día. nació en bhatapara, chhattisgarh. sus escritos suelen centrarse en las ironías de la vida y las fases de las relaciones, con la esperanza de que sus escritos den palabras a quienes han pasado y sentido lo mismo que ella.

escribir es para ella una pasión y también la medicina. quiere seguir siendo una buscadora de paz y conocimiento. aparte de su interés por la escritura, es una orgullosa madre de más de cien plantas y árboles y de más de veinte amigos peludos.

le encanta sumergirse en la belleza de la imaginación. su afición a dibujar y pintar añade significado e impacto a sus poemas. cree que el amor es la emoción más poderosa de este planeta tierra, y que todo se puede conseguir con el estado de ánimo adecuado

había estado asistiendo a talleres de arte gratuitos para quienes realmente querían cultivar el artista que llevan dentro pero no podían permitirse el curso. trabaja en una empresa de informática en bengaluru y vive con su marido y su hija.

www.ingramcontent.com/pod-product-compliance
Lightning Source LLC
LaVergne TN
LVHW041939070526
838199LV00051BA/2846